Tucholsky Wagner Zola Scott Sydow Freud Schlegel
Turgenev Fonatne
Wallace Walther von der Vogelweide Fouqué Friedrich II. von Preußen
Twain Weber Freiligrath Frey
Fechner Weiße Rose von Fallersleben Kant Ernst Frommel
Fichte Richthofen
Engels Fielding Hölderlin Dumas
Fehrs Faber Flaubert Eichendorff Tacitus
Feuerbach Maximilian I. von Habsburg Fock Eliasberg Ebner Eschenbach
Ewald Eliot Zweig Vergil
Goethe Elisabeth von Österreich London
Mendelssohn Balzac Shakespeare Dostojewski Ganghofer
Trackl Lichtenberg Rathenau Doyle Gjellerup
Mommsen Stevenson Tolstoi Hambruch Droste-Hülshoff
Thoma Lenz Hanrieder
Dach von Arnim Hägele Hauff Humboldt
Karrillon Verne Rousseau Hagen Hauptmann Gautier
Reuter Garschin Baudelaire
Damaschke Defoe Hebbel
Descartes Hegel Kussmaul Herder
Wolfram von Eschenbach Dickens Schopenhauer Rilke George
Bronner Darwin Melville Grimm Jerome
Campe Horváth Aristoteles Bebel Proust
Bismarck Vigny Barlach Voltaire Federer Herodot
Gengenbach Heine
Storm Casanova Tersteegen Grillparzer Georgy
Chamberlain Lessing Langbein Gilm Gryphius
Brentano Lafontaine
Strachwitz Claudius Schiller Kralik Iffland Sokrates
Katharina II. von Rußland Bellamy Schilling
Gerstäcker Raabe Gibbon Tschechow
Löns Hesse Hoffmann Gogol Wilde Vulpius
Luther Heym Hofmannsthal Gleim
Roth Klee Hölty Morgenstern Goedicke
Luxemburg Heyse Klopstock Kleist
La Roche Puschkin Homer Mörike Musil
Machiavelli Horaz
Navarra Aurel Musset Kierkegaard Kraft Kraus
Nestroy Marie de France Lamprecht Kind Kirchhoff Hugo Moltke
Laotse Ipsen Liebknecht
Nietzsche Nansen Ringelnatz
Marx Lassalle Gorki Klett
von Ossietzky May Leibniz
vom Stein Lawrence Irving
Petalozzi Knigge
Platon Pückler Michelangelo Kafka
Sachs Poe Kock
de Sade Praetorius Mistral Liebermann
Zetkin Korolenko

Der Verlag tredition aus Hamburg veröffentlicht in der Reihe **TREDITION CLASSICS** Werke aus mehr als zwei Jahrtausenden. Diese waren zu einem Großteil vergriffen oder nur noch antiquarisch erhältlich.

Symbolfigur für **TREDITION CLASSICS** ist Johannes Gutenberg (1400 — 1468), der Erfinder des Buchdrucks mit Metalllettern und der Druckerpresse.

Mit der Buchreihe **TREDITION CLASSICS** verfolgt tredition das Ziel, tausende Klassiker der Weltliteratur verschiedener Sprachen wieder als gedruckte Bücher aufzulegen – und das weltweit!

Die Buchreihe dient zur Bewahrung der Literatur und Förderung der Kultur. Sie trägt so dazu bei, dass viele tausend Werke nicht in Vergessenheit geraten.

Miks Bumbullis

Eine litauische Geschichte

Hermann Sudermann

Impressum

Autor: Hermann Sudermann
Umschlagkonzept: toepferschumann, Berlin

Verlag: tredition GmbH, Hamburg
ISBN: 978-3-8424-1262-0
Printed in Germany

Ziel der TREDITION CLASSICS ist es, tausende deutsch- und
fremdsprachige Klassiker wieder in Buchform verfügbar zu
machen. Die Werke wurden eingescannt und digitalisiert. Dadurch
können etwaige Fehler nicht komplett ausgeschlossen werden.
Unsere Kooperationspartner und wir von tredition versuchen, die
Werke bestmöglich zu bearbeiten. Sollten Sie trotzdem einen Fehler
finden, bitten wir diesen zu entschuldigen. Die Rechtschreibung der
Originalausgabe wurde unverändert übernommen. Daher können
sich hinsichtlich der Schreibweise Widersprüche zu der heutigen
Rechtschreibung ergeben.

I.

Der Grigas und die Eve waren zum Johannisfeuer gegangen, hatten sich dann beim Heimweg irgendwo im Gebüsch noch aufgehalten, wie das junger Menschenkinder gutes Recht ist, und als sie sich dem Försterhaus näherten, verschämt und verstohlen, da war es fast schon heller Tag.

Der Grigas bemerkte als erster, daß die Lampe im Wohnzimmer des Herrn noch brannte. Er winkte der Eve rasch, sich von hinten herum ins Haus zu schleichen, und tat so, als sei er schon bei der Arbeit. Er machte sich an dem Holzlager zu schaffen und warf mit großem Gepolter etliche Erlenkloben zwecklos übereinander. Damit begehrte er die Aufmerksamkeit des alten Hegemeisters auf sich zu lenken und der Eve den heimlichen Wiedereintritt zu erleichtern.

Aber der Anruf des strengen Brotherrn, den er erwartet hatte, blieb aus.

»Wird wohl auf dem Sofa eingeschlafen sein«, dachte er und setzte erleichtert die Pfeife in Brand.

Aber da sah er, wie vom Giebelende her die Eve mit heftigen Gebärden nach ihm zu rufen schien. Er begab sich vorsichtig in ihre Nähe und erfuhr zu seinem lebhaften Erstaunen, daß sie beim Nachsehen das Bettchen der kleinen Anikke leer gefunden habe.

Anikke war das vierjährige Kind eines weitläufigen Neffen, das der Alte zu sich genommen hatte, seit der Vater verschollen und die Mutter aus Gram darüber dem Lungenhusten erlegen war. Als erster Gedanke stieg dem Grigas auf, daß nur eine der Laumen die Anikke entführt haben könne. Denn daß diese Feen sich mit dem Wegnehmen und Auswechseln von Kindern befassen, auch lange nachdem sie getauft sind, das weiß ja selbst der Dümmste.

Aber Eve, die sonst immer seiner Meinung war, wollte ihm nicht Recht geben. Die brennende Lampe – und die Stille im Haus –, und dazu kam noch eins, was sie vorhin beim Näherkommen bemerkt haben wollte: Das Fenster war geschlossen gewesen, aber in einer der Rauten hatten die Scherben gehangen.

So faßte er sich denn ein Herz und machte sich dicht vor der erleuchteten Stube zu schaffen.

Und beim Hineinschielen – was sah er da? Der alte Wickelbart lag auf dem Boden in seinem Blut, und in dem seitlich ausgestreckten Arm schlief das Kind.

Weinen und Wehklagen machen keinen Totgeschossenen wieder lebendig. Sie wußten auch gleich, wer's getan hatte: »Miks Bumbullis«, sagten sie fast in einem Atemzug.

Der Miks Bumbullis war nämlich vor zwei Tagen von dem alten Hegemeister abgefaßt worden, wie er gerade ein frisch erlegtes Reh ausnahm und dazu ein »Tewe musso« betete. Denn das Vaterunser ist immer gut gegen das Abgefaßtwerden. Aber diesmal hatte es dem Miks nichts geholfen. Er hatte sogar noch seine Flinte hergeben müssen, und wenn der Alte ihn nicht gefangen mit sich führte, so geschah es nur darum, weil er genau wußte, daß sein Gefangener ihn während des Weges trotz seiner Schußwaffe überwältigen würde.

Und nun hatte er doch daran glauben müssen. Denn mit dem Miks Bumbullis war nicht zu spaßen. Wo man nachts beladen über die Grenze ging, wo dem Zamaiten das Fuhrwerk ausgespannt wurde, wo man dem Juden den Schnaps auf die Straße goß – der Miks war überall dabei. Nun gar das verdammte Wilddieben!

Und er hätte es so gut haben können! Die Wirtstöchter weit und breit waren nach ihm aus. Auch eine junge Witfrau sogar! Und was für eine! Mit einem Hof von hundertzwanzig Morgen. – Die hatte schon zweimal den Vermittler zu ihm geschickt.

Aber er? Nun, da sah man's ja.

Der Grigas und die Eve hoben das Kind aus dem starr gewordenen Arm und als sie ihm das blutige und tränennasse Hemdchen vom Leibe zogen, da wachte es nicht einmal auf.

Nun lag es zwischen den rotbunten Kissen und lächelte wie so ein Engelchen.

Dann wollten sie an die Arbeit gehen, den Leichnam abzuwaschen und auf die Totenbahre zu legen. Da fiel dem Grigas zur rechten Zeit noch ein, daß man jeden, der eines unnatürlichen Todes gestorben ist, liegenlassen muß, wie er gefunden wurde, bis die Herren vom Gericht dagewesen sind. Und so geschah es auch.

II.

Der Miks Bumbullis war bald gefunden. Er trieb sich in den Krügen umher und erklärte in seiner Betrunkenheit jedem, der es wissen wollte, er sei von dem Hegemeister beklappt worden. Darum müsse er jetzt auf ein paar Jahre in die Kaluse. Aber von dem Mord wußte er nichts.

Dem Gendarm, der ihm Handschellen anlegte, streckte er die Zunge aus und bestand darauf, daß der Krüger sich das Geld für die Zeche selber aus der Hosentasche hole, denn er müsse die kostbaren Armbänder schonen, die der Staat ihm geschenkt habe.

Ein strammer, gedrungener Kerl war er mit einem blonden Unschuldsgesicht. Trug das Haar noch von der Soldatenzeit her glatt an der Seite gescheitelt und sah mit großen, ausgeblaßten Augen gelassen in die Runde.

Sein erstes Verhör verlief wesentlich anders, als der Untersuchungsrichter erwartet hatte. Der alte Hegemeister habe es zwar schon lange auf ihn abgesehen gehabt, im Walde Mann gegen Mann würde er auch sicherlich auf ihn abgedrückt haben, das hätte die Ehre von ihm gefordert; den Schuß durchs Fenster aber habe ein anderer getan.

Soweit war alles in Ordnung.

Wo er sich denn in der Mordnacht aufgehalten habe?

Und nun kam die merkwürdige Wendung.

Er sei irgendwo eingestiegen, sich eine neue Flinte zu beschaffen. Wo, sage er nicht.

Was er denn mit der Flinte habe anfangen wollen, da er doch sicher gewesen sei, alsbald verhaftet zu werden?

Er habe über die Grenze gehen wollen, und da drüben müsse man immer was in der Hand haben.

Der Untersuchungsrichter legte ihm ans Herz, daß, wenn er nicht angeben wolle, *wo* er den Einbruch verübt habe, sein Kopf sich schon als abgetan betrachten könne. Aber auch das half nichts.

Noch an demselben Tag wurde er zwischen zwei Gendarmen auf einen Bretterwagen gesetzt und die zwei Meilen weit zur Mordstätte gefahren. Das Publikum in Heydekrug sammelte sich am Weg und starrte ihn an. Das schien ihm großen Spaß zu machen.

Grigas und Eve empfingen die Gerichtskommission mit der dienstfertigen Würde des guten Gewissens, die heftig in Verlegenheit umschlug, als ihnen die näheren Umstände der frühmorgendlichen Heimkunft abgefragt wurden.

Der Tatbestand war klar. Der Bruch der Fensterscheibe schien auf einen Schrotschuß hinzuweisen, obwohl nur *eine* Wunde – dicht über dem Herzen – sich vorfand. Genaueres festzustellen blieb der Leichenöffnung vorbehalten. Fußspuren ließen sich nicht entdecken.

Als Miks Bumbullis vor die Leiche geführt wurde, tasteten ein halbes Dutzend Augenpaare gierig nach seinem Angesicht. Der große Augenblick, der so manches Geständnis aus der Seele reißt, verging ungenutzt. Ruhevoll – ein wenig neugierig fast – blickte Miks auf den Körper nieder und sah sich dann, als suche er irgend etwas, in der Stube um.

Die üblichen Vorhaltungen, die der Dolmetsch, ein kluger, kleiner Mann, der in der Seele des fremden Volkes zu lesen gewohnt war, noch eindrucksvoller übersetzte, verhallten ungehört.

»Ich weiß von rein gar nuscht«, blieb die einzige Antwort.

Nur als hierauf die kleine Anikke weinend hereingeführt wurde, flog ein Schein wie von plötzlicher Ermüdung über die gestrafften Züge – einen Augenblick nur –, dann war er wieder der alte.

Aus dem Kind ließ sich, wie natürlich, vor den fremden Männern nichts herausbringen. Eve trat für sie ein und berichtete, was sie im Zwiegespräch ausgeplaudert hatte.

Weil Eve nicht dagewesen sei, habe sie vor Angst nicht einschlafen können und immerzu geweint. Da sei der Großvater gekommen, habe sie aus dem Bettchen genommen und zu sich aufs Knie gesetzt. Mit einemmal habe es draußen geknallt, der Großvater sei aufgesprungen, und dann habe er sich auf die Erde gelegt und sei eingeschlafen. Und dann sei sie auch eingeschlafen.

Der Untersuchungsrichter wandte sich an Miks.

»Als Sie auf den Hegemeister anlegten und das Kind auf seinem Schoß sitzen sahen, schlug Ihnen da nicht das Gewissen, daß Sie statt seiner das unschuldige Wesen treffen könnten?«

»Ich weiß von rein gar nuscht«, war wie immer die Antwort. Aber etwas wie ein Schlucken oder Schluchzen lag darin. Und als das Kind hinausgeführt wurde, sah er ihm mit einem Blick nach, wie der Hund nach der Wurst.

Am nächsten Tag bequemte sich Miks zu dem Geständnis, wo er in der Johannisnacht eingebrochen war. Sonderbarerweise hatte er sich den Hof jener Witfrau ausgesucht, die seit eineinhalb Jahren auf ihn Jagd machte. Er habe gehört, daß ihr verstorbener Mann im Besitz einer Flinte gewesen sei, und die habe er sich holen wollen. Es sei aber nichts zu finden gewesen.

Woher er das Haus so genau kenne, daß er den Einbruch mit Aussicht auf Erfolg habe unternehmen können?

Darauf blieb er die Antwort schuldig.

III.

Nun trat – vorgeladen – Frau Alute Lampsatis in Erscheinung. Eine hübsche Dreißigerin mit breitausladenden Hüften und einem sorgfältig weggeschnürten Busen. In dem roten, fleischigen Gesicht saß ein Paar unruhig sinnlicher Augen, und unter dem zurückgeschlagenen Kopftuch glitzerte eine Art von Schuhschnalle hervor, obwohl das reiche rotblonde Haar keines Schmuckes bedurfte.

In gebrochenem Deutsch, doch mit großem Wortschwall versicherte sie, sie sei eine anständige Besitzerin, und niemand könne ihr etwas Schlechtes nachsagen.

Darauf komme es hier gar nicht an, belehrte sie der Richter. Sie habe nur zu bezeugen, ob sie in der Johannisnacht oder nachher etwas von einem bei ihr verübten Einbruch bemerkt habe.

Aber sie blieb dabei, sie sei eine anständige Besitzerin, und niemand könne ihr etwas Schlechtes nachsagen.

Der Richter wußte sich nicht anders zu helfen, als daß er den Dolmetsch holen ließ, der sie in ihrer Muttersprache so kräftig anschrie, daß ihr die Lust zu Ausflüchten verging.

Sie selbst habe zwar geschlafen, aber ihre Nichte – die Madlyne –, als die vom Johannisfeuer gekommen sei, da habe sie einen Mann aus dem Fenster der Klete steigen sehen, der in der Richtung nach dem Wald verschwunden sei.

Der Richter und der Dolmetsch lächelten sie an. Sie glaubten den Schlüssel zu den Aussagen der ehrbaren Witwe gefunden zu haben.

Es traf sich gut, daß Frau Alute ihre Nichte mitgebracht hatte. Sie wurde heraufgeholt und stellte sich als ein achtzehnjähriges Püppchen dar mit wasserhellen Augen und einem Kirschenmund. Sie war im Sonntagsstaat, trug eine grünseidene Schürze über der selbstgewebten Marginne und weiße Hemdärmel, die aus dem gestickten Mieder hervorquollen. Ein Bauernmädchen wie aus der Operette.

Mit ihr war nicht schwer zu verhandeln, denn sie sprach ein ausgezeichnetes Deutsch, gab kurze, klare Antworten und konnte auf der Stelle vereidigt werden.

Sie war – gleich Grigas und Eve – gegen Morgen vom Johannisfeuer gekommen –

»Allein?«

Sie senkte schämig die langwimprigen Lider.

»Ganz allein.«

– da habe sie schon von weitem den Hund bellen hören und sich darum hinter dem Zaun versteckt gehalten. Und da sei auch richtig ein Mann aus dem Fenster der »Kleinen Stube« gestiegen.

»Ich denke, der Mann kam aus der Klete?« fragte der Richter.

Die Klete – der Raum, in dem die haltbaren Vorräte aufbewahrt werden – pflegt sich in älteren Wirtschaften unter einem gesonderten Dach zu befinden.

»Ak nei, ak nei«, versicherte Madlyne, und vor lauter Bekenntniseifer schoß ihr das Blut in das Wachspuppengesicht. »Akkrat aus der Stubele is er gekommen, das kann ich beschwören.«

»Und wo schläft deine Tante, Madlyne?«

»Die schläft in der Stube – der Großen Stube – das kann ich beschwören.«

Die Große und die Kleine Stube liegen stets auf derselben Seite des Hausflurs und sind durch eine Tür verbunden.

Der Richter und der Dolmetsch lächelten abermals.

Madlyne wurde hinausgeschickt und statt ihrer Frau Alute wieder hereingerufen.

Nachdem der Richter ihr durch den Dolmetsch die schwerwiegenden Folgen eines etwaigen Meineides hatte ausmalen lassen, stellte er den Widerspruch klar, der zwischen der heutigen Aussage Madlynes und dem, was sie von ihr erfahren haben wollte, bestand.

Frau Alute behauptete abermals, sie sei eine anständige Besitzerin, und niemand könne ihr etwas Schlechtes nachsagen. Dabei blieb sie jetzt auch der Beredsamkeit des Dolmetsch gegenüber, der ihr sämtliche Höllenstrafen der Reihe nach vorführte.

Der Richter glaubte, weil er Madlynes Umfall fürchtete, auf eine Gegenüberstellung der beiden Verwandten verzichten zu sollen und beschränkte sich darauf, das Motiv des angeblichen Einbruchs der Klärung näherzubringen.

Ob sie eine Flinte im Haus habe.

Sie verneinte heftig.

Oder gehabt habe.

Auch das nicht. Zu Lebzeiten ihres Mannes sei wohl ein Schießgewehr dagewesen, womit der Selige die Karekles – die jungen Krähen – von den Fichten heruntergeholt habe, aber als er dann krank geworden sei, habe er es eines Tages an den Juden verkauft.

»An welchen Juden?«

Das konnte sie natürlich nicht wissen. »Der Jude ist der Jude, und einer sieht aus wie der andere.«

Der Richter, der bisher den Kern der Angelegenheit sorgsam umgangen hatte, hielt den Augenblick für gekommen, den Namen des Beschuldigten ins Treffen zu führen.

Ob sie den Miks Bumbullis kenne.

Sie zeigte sich nicht im mindesten bestürzt oder auch nur befangen.

Wie sollte sie den Miks Bumbullis nicht kennen. Er war ja mit ihrem seligen Mann immer zusammen über die Grenze gegangen. Der Dolmetsch sah den Richter verstehend an. Schmuggeln taten sie in den Grenzdörfern alle, und bewaffnet waren sie gelegentlich auch. Der Miks konnte sich also wohl der Flinte erinnert haben, die sein ehemaliger Kumpan mit sich geführt hatte. Wenn er von ihrem Verkauf nichts wußte, durfte er mit etlichem Recht annehmen, daß sie noch unbenutzt herumstand.

Ob der Miks Bumbullis bereits in ihrem Haus gewesen sei.

Aber ja doch. Er habe manches schöne Mal den seligen Mann des Abends abgeholt.

»Wozu abgeholt?«

»Nun, über die Grenze zu gehen.«

Ob sie noch wisse, wo der selige Mann damals die Flinte aufbewahrt habe.

Sie stutzte und besann sich, als wittere sie den heimlichen Zusammenhang der scheinbar ziellos durcheinanderschwirrenden Fragen.

Und dann fing sie an zu wehklagen und zog sich auf die Plattform der anständigen Besitzerin zurück, der man nichts Schlechtes nachsagen könne.

Von diesem Augenblick an war nichts mehr aus ihr herauszuholen. Auf ihre Vereidigung wurde verzichtet.

IV.

Die Verhandlung vor dem Schwurgericht kam heran. Eine große Zeugenschar war aufgeboten. Das Bild des erschossenen Hegemeisters entwickelte sich als das eines rücksichtslos strengen Verfolgers, dem schon viele Rache geschworen hatten und dem es nie in den Sinn gekommen war, selbst harmlose Gelegenheitswilderer zu verschonen. So war zum Beispiel, wie sich zufällig herausstellte, auch der selige Mann der Frau Lampsatis durch ihn ins Gefängnis geraten. Der hatte also, wie es schien, seine Flinte nicht bloß zum Krähenschießen benutzt.

Jedenfalls ließ die Wahrscheinlichkeit sich nicht übersehen, daß, wenn Miks ein leidliches Alibi beibringen konnte, statt seiner ein anderer als Täter in Frage komme.

Er saß in seinem Sonntagsstaat schweigsam und häufig teilnahmslos auf der Armsünderbank. Weniger in seinen rosig gebliebenen Zügen als in den blaß hinstarrenden Augen malte sich die geistige Übermüdung, die diese des scharfen Denkens ungewohnten Naturkinder oft überfällt, wenn sie ihr Schicksal dem Spiel und Widerspiel der Zeugenschaften anheimgegeben sehen.

Frau Alute, unter deren Kopftuch sich heute keine Schuhschnalle hervorschob, war wieder ganz gekränkte Unschuld, und Madlynens wippende Appetitlichkeit erregte ein wohlgefälliges Schmunzeln selbst bei den Greisen der Geschworenenbank.

Zwischen den Aussagen der beiden Frauensleute ließ sich auch heute keine Einigung erzielen. Alute erinnerte sich aufs bestimmteste, daß ihre Nichte ihr am Morgen nach dem Einbruch erzählt hatte, der Mann, den sie gesehen habe, sei aus der Klete gekommen, und Madlyne behauptete, daß sie so etwas nie gesagt haben könne, denn es wäre ja nicht die Wahrheit gewesen.

Miks Bumbullis beschrieb nun selber den Weg, den er genommen haben wollte. Er habe die unverschlossene Haustür geöffnet, habe sich in die Große Stube hineingetastet...

In der *Großen* Stube schlief Frau Alute! Sie hätte bei seinem Kommen erwachen müssen!

Sie sei eben nicht erwacht. Dann habe er sich in die Kleine Stube geschlichen, habe Wände und Winkel abgetastet und sei schließlich, als das Gewehr nirgends zu finden gewesen, zum Fenster hinausgeklettert.

Warum er nicht den bequemeren Rückweg durch Große Stube und Hausflur gewählt habe.

Frau Alute habe sich in ihrem Bett gerührt.

Das klang einigermaßen glaubhaft und stimmte mit Madlynens Aussage überein. Aber der Widerspruch zwischen dem, was sie ihrer Tante erzählt haben sollte, und ihrer beschworenen Aussage klaffte noch immer. Und dann war auch noch der Vermittler da, der bezeugt hatte, daß er in Frau Alutes Auftrag zweimal bei Miks gewesen war, ihm ihre Hand anzubieten.

Wie dem auch sein mochte, Frau Alute mußte vereidigt werden. Sie wurde noch einmal ausdrücklich ermahnt und streckte bereits die Schwurfinger in die Höhe, da geschah das Unerwartete, daß Miks in die Eidesworte hineinzusprechen anfing.

Der Präsident herrschte ihn an, aber er sprach weiter. Schwerfällig, tropfenweise fielen die litauischen Worte aus seinem Mund.

Frau Alute horchte hoch auf und – brach dann weinend zusammen.

Was er ihr gesagt hatte, wurde verdolmetscht und lautete: »Ich habe dir zwar bei Gott und bei deinem Mann geschworen, auch vor Gericht nichts davon zu sagen, aber es ist doch besser, daß du deine Seele nicht mit einem Meineid beschwerst und mich aufs Schafott bringen läßt. Drum sage doch lieber die Wahrheit.«

Unter Schreien und Händeringen kam, was geschehen war, nunmehr ans Tageslicht.

Alute Lampsatis lag abends halb eingeschlafen in ihrem Bett. Da wurde sie plötzlich durch Männerschritte aufgeschreckt, die im Hausflur näherkamen. Sie wußte, daß Schreien nichts helfen würde, denn Madlyne und die Magd und der Knecht waren zum Johannisfeuer gegangen. Da fing sie zu beten an und erwartete ihr Ende. Aber dann hörte sie plötzlich ihren Namen nennen und erkannte Miksens Stimme. »Geh weg«, sagte sie, »wenn ich auch nach dir geschickt habe, ich bin eine anständige Besitzerin, und niemand soll mir was Schlechtes nachsagen können.« – »Ich will gar nicht bei dir schlafen«, antwortete er, »ich will bloß, daß du mir das Gewehr gibst, das deinem Mann gehört hat, denn der Hegemeister hat mir meines weggenommen.« – »Das Gewehr ist nicht mehr da«, sagte sie, »und wenn es da wäre, würde ich es dir nicht geben, denn du willst damit bloß den Hegemeister umbringen.« Das bestritt er, aber sie glaubte ihm nicht. Und als er sich darauf hin wieder entfernen wollte, sprang sie in ihrer Angst aus dem Bett und verlegte ihm den Weg. Da fühlte er, daß sie im Hemd war, und blieb bei ihr bis an den Morgen.

Die große Spannung löste sich. Die Unschuld Miksens schien erwiesen. Und auch die Frage, warum er, da er doch mit Wissen der Wirtsfrau da war, statt einfach durch die Haustür zu gehen, durch das Kleinestubenfenster geklettert war, wurde nach einigem Zaudern und Drumherumreden hinreichend aufgeklärt. Man war des Glaubens gewesen, Madlyne sei inzwischen heimgekommen, und da ihre Kammer auf der anderen Seite des Hauses lag, hätten die Männerschritte im Hausflur ihr nicht entgehen können.

»Das hättet ihr gleich sagen können«, meinte der Vorsitzende. Und da auf weitere Zeugenvernehmungen verzichtet wurde, begann der Staatsanwalt gleich seine Rede.

Alles übrige rollte ohne Kampf und Zwischenfälle wie von selber dem Richterspruch zu. Der Losmann Miks Bumbullis wurde von der Anklage des Mordes freigesprochen und wegen Wilderns zu zwei Jahren Gefängnis verurteilt.

Miks Bumbullis verzog keine Miene. Auch als Frau Alute, die sich inzwischen von ihren Schreikrämpfen erholt hatte, glückwünschend auf ihn zutrat, ging kein Lächeln über sein Gesicht. Sein Blick hing wie erstarrt an einem Platz der Zeugenbank, wo neben Eve, der Magd, schmutzig und abgerissen die kleine Anikke saß, an den grünen Äpfeln nagend, die eine der Dorffrauen ihr geschenkt hatte. Sie war der Vollständigkeit halber mit vorgeladen worden, und Eve hatte für sie ausgesagt.

Als Miks abgeführt werden sollte – an Haftentlassung war natürlich nicht zu denken –, wandte er sich noch einmal nach dem Kind um, als wollte er irgend etwas zu ihm hinübersagen. Aber der Gerichtsdiener stieß ihn hinaus.

V.

Der Grabhügel des alten Hegemeisters begann zu verfallen, denn niemand war da, der sein Andenken hochhielt. Um das Schicksal der kleinen Anikke entspann sich ein Prozeß zwischen dem Forstfiskus und der Gemeinde, der ihr verschollener Vater angehört hatte. Beide wollten die Erziehungspflicht einander in die Schuhe schieben. Und da der Fiskus an allzuviel Gemüt nicht krankt und die Weitläufigkeit der Verwandtschaft zwischen dem Toten und dessen verwaistem Pflegling ihm als ausreichender Grund zustatten kam, so blieb die kleine Anikke als unwillkommener Gast an jener Gemeinde hängen, die ihrerseits froh war, sie für ein kleines Entgelt an den Ort abschieben zu können, an dem sie die letzte Zeit über gehaust hatte.

So wurde sie eines Tages beim Ortsschulzen öffentlich versteigert und kam an den Mindestfordernden, den Häusler Kibelka, einen wenig vertrauenerweckenden Zeitgenossen, der die paar Groschen brauchte, um sie in Branntwein anzulegen.

Wie so ein armes kleines Tierchen, von dem Gott und Menschheit die sorgenden Augen abgewandt haben, in seinem stummen Jammer leidet, das hat noch niemand erkannt und beschrieben, und niemand wird es je erkennen und beschreiben können. Was Hunger und Schmutz, was Prügel und Kälte, was vor allem das Fehlen jedes streichelnden Wortes in der noch nicht erschlossenen Seele ersticken und zerfressen, bis aus dem in unbewußter Zuversicht aufjauchzenden jungen Leben ein scheu zitterndes, in sich verkrochenes, kaum noch des Atmens fähiges Halbdasein geworden ist, das verliert sich in Dunkel und Schweigen. Alljährlich wird ein unermeßlicher Haufen von solchem Menschenkehricht ins Grab geschaufelt, wo es zu seinem Besten hingehört. Und nur wie durch ein Wunder senkt sich bisweilen von der Sonne eine Hand hernieder und hebt eins oder das andere der schon fast abgestorbenen Kümmerlinge zum Licht empor.

Ja, wenn die Sonne nicht wäre! Und der Hofhund allenfalls!

Neben dem Hofhund zu liegen und sich wie er von einem gutgesinnten Mittagssonnenschein sanft anwärmen zu lassen, bleibt

schließlich das einzige Glück so eines glücklosen Schattengeschöp-
fes. – – –

Und plötzlich spitzte der Hofhund die Ohren, sprang anschla-
gend auf und fegte mit schleppender Kette den Kreis des ihm zu-
gewiesenen Reiches.

Anikke, die allein zu Hause war, sah einen Menschen durch das
Hoftor kommen, der sich vorsichtig umsah und dann auf die Hun-
dehütte zuschritt, an der sie sich schutzsuchend festhielt.

Dicht vor den Zähnen des Hundes machte er halt und sagte: »Ist
der Wirt zu Hause?«

Anikke wußte wohl, daß alle draußen Kartoffeln gruben, aber um
nichts in der Welt hätte sie antworten können.

»Wie heißt du?« fragte er weiter.

In ihrer Angst hatte sie den eigenen Namen vergessen.

Der Hund belferte dazwischen, und erst, als der fremde Mensch
ihm mit seinem Stock eins überriß, zog er sich heulend gegen die
Hütte zurück.

Dann kam der Fremde näher an sie heran, immer den Stock vor-
haltend, in den der Hund sich verbiß. Sie wußte nun, daß sie ge-
raubt werden sollte, und fing furchtbar zu weinen an.

Und dann fühlte sie sich am Arm erfaßt und mit jähem Rucke
fortgezogen, während der Hund, von einem neuen Schlage getroffen, sich um und um kugelte.

»Wein nicht, wein nicht, ich tu' dir nichts«, hörte sie seine Stimme. Denn vor lauter Tränen sah sie nichts mehr. Aber in dieser
Stimme klang irgend etwas, dessen sie nicht gewohnt war. Sie hörte
zu weinen auf.

»Bist du die Anikke?«

»Ja-a.«

»Willst du ein Lakritzenholz haben?«

Lakritzenholz wollte sie gern, denn das aßen die großen Kinder
manchmal, wenn die Schule aus war, aber sie bekam natürlich
nichts davon ab.

Und dann gab der fremde Mensch ihr aus einer Tüte eine schöne gelbe Stange, in die sie auch gleich hineinbiß, denn sie hatte jetzt kaum noch Angst vor ihm.

Und nun wagte sie ihn sogar anzusehen. Böse sah er nicht aus. Viel guter als der Wirt. Und er roch auch nicht nach Schnaps. Sandfarbiges Haar hatte er und einen ebensolchen Schnurrbart. Und sie wußte jetzt auch, wo sie ihn schon gesehen hatte. Ein großer Saal war es gewesen wie in der Kirche. Aber statt *eines* Pfarrers im Talar hatte gleich ein ganzer Tisch voll dagesessen.

»Wie alt bis du, Anikke?«

»Ich werd' sieben.«

»Gehst du schon in die Schule?«

»Nein.«

»Warum nicht?«

»Ich hab' nichts anzuziehen, sagt die Frau.«

Nun blickte er an ihr nieder und betrachtete lange das Lumpengezottel, in das sie notdürftig gehüllt war. Dann fragte er, wo er den Wirt wohl finden könne. Sie zeigte ihm die Richtung des Feldes und geleitete ihn auch ein Stück, denn sie mochte nun gar nicht mehr von ihm gehen.

Als er die Arbeitenden gewahrte, schenkte er ihr die ganze Tüte, die er in der Hand gehalten hatte, und sagte: »Versteck's, daß die anderen es dir nicht wegessen.«

Damit schickte er sie zurück und schritt in der Kartoffelfurche weiter, bis er auf den Wirt stieß, der mit Weib und drei Kindern kniend nach Kartoffeln wühlte. Und jedes von ihnen schimpfte und stöhnte auf seine Art.

Kibelka erkannte ihn gleich, und den Schmutz von den Hosen abschüttelnd stand er auf, ihm die Hand zu bieten. Denn wenn er auch nicht der Mörder war, so hätte er doch immer der Mörder sein können. Sich mit ihm gut zu stellen, war geraten.

»Du hast es natürlich immer sehr leicht gehabt«, sagte er, »denn wen der Staat ernährt, der ist geborgen.« Dabei lachte er höhnisch und einschmeichelnd zugleich, und das schwarzstoppelige Maul ging ihm bis an die Ohren.

»Ihr habt es hier um so schwerer«, sagte Miks Bumbullis, die Fläche überblickend, die in ihrem dürren Kraut unausgegraben dalag.

Auch das Weib war aufgestanden und wischte sich die Hand an dem sacktuchenen Schurzfell. Sie war eine vermickerte, gelbe Ziege mit scharfen, mitleidlosen Augen. Und die drei Rotznasen gafften.

Die beiden Kibelkas hoben ein Klagelied an. Der nasse September – und schon alles im Faulen – und fremde Hilfe zu teuer. –

»Wenn ihr billige Hilfe braucht«, sagte Miks, »ich wüßte wohl eine.«

»Wer wird so dumm sein!« lachte der Wirt. »Selbst der Henker läßt sich bezahlen.«

»Ich hab' mir einiges gespart«, sagte Miks, »und wenn man mir sonst freie Hand läßt, bring' ich noch ab und zu was in die Wirtschaft.«

Die beiden sahen sich an. Dann schlugen sie rasch und gierig ein und fragten nicht weiter.

So wurde Miks Bumbullis Knecht bei dem Pfleger Anikkes.

Anfangs schien er sich nicht viel um sie zu kümmern, und es vergingen drei Tage, ehe er sich erkundigte, was das für ein kleines Ungeziefer sei, das da immer im Hause herumkrieche.

Die beiden Kibelkas wollten nicht recht mit der Sprache heraus, denn der Mordverdacht saß ihnen stets in den Gliedern. Aber schließlich erzählten sie doch, wie sie zu dem Kinde gekommen waren und daß sie es eigentlich bloß um Gottes Barmherzigkeit willen bei sich behielten.

Er nahm die Nachricht sehr gleichmütig auf und sagte nur: »Der Vater soll in Amerika sein. Wenn der einmal reich zurückkommt, wird er jeden belohnen, der gut zu dem Kinde gewesen ist.«

Das gab den Kibelkas zu denken. Am nächsten Mittag durfte das kleine, bleiche Lumpenbündelchen, das sonst von dem Ofenwinkel her stumm wartend herübersah, mit den Kindern zu Tische sitzen.

Als der Sonnabendabend kam, verschwand Miks Bumbullis und kam am Sonntagvormittag mit einer Flinte wieder, die sehr verrostet und in den Spalten mit Erde verklebt war. Die Kibelkas fragten nicht, wo er sie hergeholt hatte, und alle standen ringsum und sahen voll Hochachtung zu, wie er mit dem Schraubenschlüssel die Teile auseinandernahm und jeden einzelnen putze und ölte, bis die Waffe blitzblank und schußbereit wiedererstand.

Und wiederum am Sonntag gab es bei den Kibelkas ein Rehstück zu Mittag, was nicht passiert war, solange die Welt stand. Alle schwelgten, und selbst der Hofhund bekam seinen Knochen.

Die kleine Anikke saß in einem neuen, rotbunten Kleidchen da, das der Miks ihr mitgebracht hatte, wurde von den Hauskindern mit neidischen Liebkosungen versehen und wußte nicht, wie ihr geschah.

»Ich verstehe ja deine Meinung«, sagte der Wirt, »aber wenn der Vater *nicht* aus Amerika kommt, dann hast du dich sehr verrechnet.«

»Dann tu' ich's wie ihr um Gottes Lohn«, erwiderte Miks, »man muß sich immer ein Beispiel nehmen.«

Kibelka lachte geschmeichelt und prostete seinem Knecht zu, denn die Schnapsbuddel saß ihm allzeit locker.

»Nun solltet ihr sie aber auch zur Schule schicken«, meinte Miks Bumbullis so nebenbei.

Die Frau hub zu klagen an. Der Gendarm sei schon zweimal dagewesen, und sie schlafe nicht mehr bei dem Gedanken, man könne schließlich noch Strafe zahlen.

Diese Angst wurde nun überflüssig. Und als Anikke am Montag morgen die Kinder zur Schule begleiten sollte, fand sich an ihrer Lagerstatt sogar eine Schiefertafel.

VI.

Der Winter kam. Miks Bumbullis war nun höchst angesehen im Hause. Er pflegte das Pferd blank, er fütterte die Kühe rund, und wenn die Dreschflegel gingen: »Ubags, ubags, ubags« – sein Schlag war immer herauszuhören.

Lohn forderte er nicht, und er hätte auch keinen bekommen, denn der Wirt vertrank jeden Groschen. Dafür sah keiner hin, wenn Miks sich ab und zu in der Morgen- oder der Abenddämmerung hinter der Scheune zu schaffen machte und vorläufig nicht mehr wiederkam.

Den drei Rangen hatte er neue Anzüge geschenkt, so daß sie nun ebenso fein aussahen wie Anikke, und sogar einen Lausekamm brachte er mit, dem einer nach dem anderen standhalten mußte. Kibelka meinte zwar, es sei sündhaft, es den Herrenkindern gleichtun zu wollen, aber schließlich lieh auch er sich den Kamm aus.

Die kleine Anikke ging umher wie im Traum. Die warme Schule – und das reichliche Essen – und fast gar keine Schläge mehr! Wohl bekam sie hie und da noch einen Stirnicksel, aber der tat kaum weh, denn sie fühlte in seliger Geborgenheit, daß einer da war, der sie vor Schlimmerem beschützte.

Hinter dem Miks lief sie her wie ein Hündchen, aber ihm ganz nahe zu kommen wagte sie nicht, denn er ermunterte sie nie.

Bei den Mahlzeiten hing ihr Blick immer an seinem Gesicht, und als sie die Geschichte vom lieben Herrn Jesus lernte, wußte sie sogleich, daß der ebenso ausgesehen hatte wie er.

Eines Abends, als der Kienspan brannte, war er besonders vergnügt und sagte zum Ältesten, dem Jons: »Willst du reiten?« Der wollte natürlich gern, und er nahm ihn auf sein Knie und sang dazu: »Apappa, upappa.« Dann kam die Katrike an die Reihe und dann der Jendrys. Und sie stand im Winkelchen und dachte, die Tränen verbeißend: »Ich bin ja nur das Ziehkind, und darum will er mich nicht.«

Aber da sagte er auch schon: »Die Anikke muß auch.«

Da kam sie ganz langsam auf ihn zu, denn sie traute sich nicht. Dann, als er sie hochhob, war es ihr, als flöge sie geradeswegs in die Wolken. So gründlich durfte sie nun reiten, daß ihr ganz schwindlig wurde, bis der Jons, abgünstig geworden, einmal über das andere schrie: »Ich will auch so lange!«

Diese Augenblicke waren das Schönste, was sie je erlebt hatte, denn daß schon einmal einer dagewesen war, der sie auf dem Schoß gehalten hatte, das war ihr inzwischen aus dem Sinne verschwunden. Nur eines langen weißen Bartes erinnerte sie sich noch, aber sie glaubte, das sei der Weihnachtsmann gewesen, von dem der Lehrer erzählte.

Es war nun inzwischen sehr kalt geworden, und wenn man, gegen den Schneesturm laufend, bis zu der weitabgelegenen Schule mußte, kostete das manche Träne. Aber der gute Miks hatte Fausthandschuhe gekauft und eine wollengefütterte Mütze mit Ohrenklappen, die unter dem Kinn festzubinden sind. Die drei Hauskinder bekamen die gleichen, so daß ein Neid nicht entstehen konnte.

Nur die scharfblickende Frau ließ sich kein X für ein U machen und sagte mit süßsaurem Lächeln: »Meine Kinder haben es ja sehr gut bei dir, aber der liebe Gott wird schon wissen, was du damit verhehlen willst.«

Miks sagte darauf: »Wenn einer Kinder liebhat, was braucht er da zu verhehlen?« und wandte sich ab.

Anikke schlief nicht mit den dreien zusammen in der Kleinen Stube, die gut geheizt wurde, sondern auf der anderen Seite des Hausflurs, wo es jetzt fürchterlich kalt war. Das hatte sich aus den Zeiten ihrer Zurücksetzung so erhalten, und sie wünschte es sich gar nicht anders, denn in der Kammer nebenbei schlief der Miks.

Aber nun der Winterfrost gekommen war, konnte sie gar nicht recht einschlafen und lag in ihren Kleidern unter der harten Pferdedecke frostbebend und halbwach zuweilen bis gegen Morgen.

Eines Nachts, wie sie so dalag, hörte sie von der Knechtskammer her ein leises Knirschen und Stöhnen. Es war, als wenn einer furchtbare Schmerzen hat und nicht weiß, wie er sich wenden soll. Da faßte sie sich ein Herz. Sie schob mitten in ihrem Frieren die

Decke vom Leibe, ging in die Kammer und sagte zitternd vor Furcht noch mehr als vor Kälte: »Miks, tut dir was weh?«

Aus der Finsternis kam etwas wie ein Freudenschrei. Und dann griffen zwei Arme nach ihr. In denen lag sie nun still und glücklich und wärmte sich auf und schlief auch bald ein.

Von nun an kroch sie jede Nacht zu ihm und war da wie in Abrahams Schoß.

Des Morgens weckte er sie zeitig, so daß niemand etwas davon merken konnte. Auch beachtete er sie bei Tage nicht häufiger als früher. Aber nun grämte sie sich nicht mehr darüber, denn sie wußte ja zu allen Zeiten, wie gut er's mit ihr meinte.

Und niemals mehr hatte sie ihn stöhnen hören. Manchmal schlief er sogar noch früher ein als sie selber.

VII.

Es war eines Abends um die Weihnachtszeit, da wurde Miks Bumbullis auf einem seiner Wege zum Walde von einer Frauensperson angerufen, die bis zur Nase eingemummelt auf dem Grabenrande im Schnee saß.

Er schrak hoch auf. Er hatte die Stimme gleich erkannt.

»Es ist gut, daß du da bist, Alute Lampsatis«, sagte er. »Ich habe schon immer einmal zu dir kommen wollen.«

»Du hast dir drei Monate Zeit gelassen«, erwiderte sie, »und hätte ich dir nicht aufgelauert, so wären auch noch drei weitere verstrichen.«

»Das ist wohl möglich«, meinte er. »Was man nicht gern tut, verschiebt man immer wieder.«

»Sagst du mir das ins Gesicht?« knirschte sie, und ihre Augen blitzten ihn an.

»Ich sage, was wahr ist«, erwiderte er.

»Dann will ich dir *auch* sagen, was wahr ist!« schrie sie. »Daß *du* den Hegemeister erschossen hast – daß deine Flinte da, mit der du's getan hast, *meine* Flinte ist – und daß ich meine Seele dem ewigen Verderben verkauft habe – und Madlynens Seele dazu, die meine Schwestertochter ist und die mir zuliebe schwur, was ich wollte. *Das* ist die Wahrheit.«

»Und dann ist die Wahrheit«, fuhr er fort, »daß du mir die Flinte in die Hand gegeben hast und zu mir gesagt hast: ›Mein Seliger hat es schon tun wollen, da hat ihn die Krankheit gehindert. Nun tu du es, sonst hast du keine Ehre im Leibe‹. *Das* ist die Wahrheit.«

»Und ferner ist die Wahrheit«, nahm sie ihm die Rede aus dem Munde, »daß ich einen Tag und eine Nacht lang nachgesonnen habe, wie ich dich am besten vor der Leibesstrafe bewahren konnte, denn wenn ich einfach ausgesagt hätte: ›Er ist zu der Zeit bei mir gewesen‹, dann hätte mir keiner geglaubt. Darum hab' ich der Madlyne eingegeben, sie habe dich aus dem Stubenfenster steigen sehen, während ich alles bestritt. Darum habe ich dir zehnmal vorgesprochen – alles –, auch was du zu sagen hast, wenn ich die Schwurfinger erhebe. Denn du bist ja so dumm wie ein Deutscher.«

»Und du bist so klug wie der Teufel«, erwiderte er.

»Es ist gut«, sagte sie, in die Runde schauend, »daß uns hier niemand hören kann außer den Krähen, sonst wäre es um uns alle dreie geschehen. Aber man weiß nie, was noch werden kann, wenn sich einer im Zorn vergißt. Darum frage ich dich zum ersten und zum letzten Male: Willst du dein Versprechen halten?«

»Ich weiß von keinem Versprechen«, stöhnte er.

»Natürlich weißt du von keinem Versprechen, aber *ich* weiß, daß seit zwei Jahren die Menschen mit Fingern nach mir zeigen und daß sich kein Freiwerber mehr bei mir sehen läßt – nicht für mich und auch nicht für die Madlyne, und seit Michaeli treffe ich keinen, der nicht speilzahnig fragt: ›Weißt du, wer in Wiszellen bei den Kibelkas den Knecht spielt?‹ Darum frage ich dich zum überletzten Mal: Wann wirst du einen schicken, der die Heirat zwischen uns in Ordnung bringt?«

Er wand sich wie ein Aal unter dem Messer.

»Laß mir Zeit bis nach Fastnacht«, bat er.

»Jawohl«, höhnte sie, »erst bis nach Fastnacht – und dann bis zum Palmsonntag – und dann immer so weiter. – Aber es soll gut sein. Bis nach Fastnacht werd' ich warten. Schickst du dann keinen, dann weiß ich, woran ich mit dir bin.«

Und es klang noch fast wie ein Schöndank, was er da stammelte. Schon im Gehen, kehrte sie sich noch einmal um und sagte: »Die Leute erzählen sich, daß du das Kind, das bei den Kibelkas in Pflege ist, hältst wie eine Prinzessin. Laß das lieber sein. Deine Seele kaufst du doch nicht los, und der Gendarm wird aufmerksam, wenn er es hört.«

Damit schritt sie von dannen.

Miks Bumbullis war von dem allen zumute, als hätte er mit der Axt eins vor den Kopf bekommen. Er stand erst eine Weile ganz still, dann taumelte er in den Wald hinein. Aber er schoß nichts, und er sah auch nichts. Er dachte bloß immer das eine: »Ich bin bis heute sehr glücklich gewesen und habe es nicht gewußt.«

Dann packte ihn ein heißes Verlangen, das Kind in der Nähe zu haben. Er sicherte die Flinte und wußte nicht, wie rasch er nach Hause kommen konnte. Und als er auf seiner kalten Schlafstatt lag und die leisen Schritte nähertappten und das weiche Gesichtchen sich in seinen Arm hineinschob, da war er wieder wie im Himmel. Er fing so bitterlich zu weinen an, wie ein Mann sonst nur in der Kirche tut.

Da weinte auch das Kind und wußte doch gar nicht, warum. Er tröstete sie, und sie streichelte ihn. Und ihm war beinahe, als hätte er es nicht getan.

VIII.

Fastnacht kam heran. Aber er konnte sich zu keinem Handeln entschließen. Den Freiwerber zu schicken, wie es Sitte war, schämte er sich, denn jedermann wußte, wie die Dinge standen. Er mußte also den Gang schon selber machen. Wenn ein Sonntag da war, sagte er zu sich: »Also nächsten Sonntag.« Und dabei blieb es.

Er ging auch nicht einmal in die Kirche, denn dort hätte er ihr ja begegnen können.

So war also richtig der Stillfreitag herangekommen. Er saß am Vormittag in seiner Kammer und schnitzelte für Anikke an einem Springbock. Da kam der Älteste, der Jons, eilfertig zu ihm herein und sagte: »Es ist eine draußen, die will dich sprechen – eine Feine.«

Ihm ahnte gleich nichts Gutes, aber er legte die Arbeit hin und ging.

Da stand vor dem Hofzaun mit einem schneeweißen Kopftuch und einer seidenen Schürze die Madlyne. Auch weiße, dünne Strümpfe hatte sie an, obgleich es noch ziemlich rauh war, und alles an ihr sah rund aus und quoll und wippte.

Sie lächelte ihn auch ganz freundlich an und fragte, ob er wohl einen kleinen Spaziergang mit ihr machen wolle.

»Ich will nicht, aber ich muß wohl«, sagte er.

Und dann gingen sie zusammen zum Walde, dorthin, wo er vor einem Vierteljahr die Alute getroffen hatte, und keiner sprach ein Wort.

»Du wunderst dich wohl, warum ich noch nicht verheiratet bin«, begann sie endlich. »Ich kann soviel Männer haben, wie ich will, aber ich will nicht.«

»Deine Mutterschwester sagt, es kommt keiner«, erwiderte er, »und ich soll daran schuld sein.«

»Schuld magst du schon sein«, erwiderte sie und lächelte, »aber anders, als sie denkt. Wenn du Wirt bei uns bist, wirst du mich schon mit durchfüttern müssen.«

»Ich will gar nicht Wirt bei euch sein«, sagte er.

»Nach menschlichem Willen geht es meistens nicht«, erwiderte sie. »Und wenn du einen guten Rat annimmst, dann warte nicht mehr lange. Meiner Mutter Schwester macht falsche Redensarten. Es könnte sein, daß es eines Tages zu spät ist.«

»Wenn sie mich angibt, gibt sie zugleich auch sich selber an«, warf er ein.

»Und mich ebenso«, erwiderte sie, immer in der gleichen lächelnden Weise. »Aber seit Fastnacht sitzt der Böse in ihr, und sie spricht allerhand von dem Kinde, das auf dem Schoß des Hegemeisters gesessen hat, als das Unglück geschah, und das jetzt immer auf deinem Schoße sitzt. Und wie das wohl zu erklären ist, fragt sie dazu. Und keiner weiß. Aber ein bedenkliches Gesicht macht ein jeder.«

Er sah plötzlich in Tageshelle den Weg, den dieses rachsüchtige Geschwätz gehen würde. Und sah auch das Ende. Alute Lampsatis, die sonst so klug war, grub in ihrem sinnlosen Zorne ihm und sich selber die Grube.

»Ich werde ja noch am leichtesten wegkommen«, sagte Madlyne mit ihrem lieblichen und verschämten Lächeln, als ob sie von Blumen oder Singvögeln spräche statt vom Zuchthaus oder noch Schlimmerem gar. »Denn ich war ja noch sehr jung und bin auch dazu angestiftet worden. Aber du, Miks Bumbullis, tust mir leid. Darum bin ich der Meinung, du läßt keinen Tag mehr verstreichen und kommst heute nachmittag zu uns auf den Hof. Dann wird sie schon Ruhe geben.«

»Wirt bei euch«, sagte er, »kann ich nur sein unter einer Bedingung: daß Alute gut zu dem Kinde ist.«

»Das willst du mitbringen?« fragte sie, und in ihrem Erschrecken verschwand zum ersten Male das Lächeln von ihrem Angesicht. »Das will ich mitbringen«, erwiderte er beinahe feierlich, »sonst komm' ich nie und nimmermehr.«

Sie lehnte sich gegen einen Baumstamm und sah stumm in die Höhe. Und ihre wasserhellen Augen waren jetzt so blau wie der Osterhimmel. Dann sagte sie: »Zurzeit ist sie freilich dem Kinde noch bös gesinnt, denn sie meint, daß du es lieber hast als sie. Aber wenn du ihr den Willen tust und die Scham von ihr nimmst, wird sie sich wohl mit ihm versöhnen. Außerdem bin ich ja auch noch da, und ich hab' Kinder sehr lieb.«

»Du wirst einen Mann nehmen und weggehen«, entgegnete er finster.

»Wann hast du schon das Farnkraut blühen gesehen, daß du so allwissend tust?« fragte sie und sah ihn neckend von unten auf an. In diesem Augenblick erschien ihm sein Schicksal und das des Kindes nicht gar so drohend mehr, und er sagte: »Ich werd' also kommen.«

IX.

So geschah's, daß am Himmelfahrtstage Miks Bumbullis und Alute Lampsatis im Brautwinkel saßen und die Hochzeitsgäste in hellen Haufen um sie her. Auf dem Tische standen leckere Speisen in Menge, und über ihm hing von der Decke herab die künstlich geflochtene Krone, in der silberglänzende Vögel sich wiegten.

Die Ehrengäste waren mit Handtüchern und Spruchbändern reichlich beschenkt worden, und das biergefüllte Glas, in das die Gastgabe geworfen wird – denn niemand soll wissen, wieviel ein jeder gegeben –, dieser unwillkommene Mahner, machte so flüchtig die Runde, daß die meisten ihren guten Taler nicht loswerden konnten.

Das schuf natürlich eine wohlbehäbige Stimmung, die, was einst geschehen war, mit dem Mantel der Nächstenliebe bedeckte.

Die Kibelkas waren auch geladen, und der Ehemann lag schon längst in seligem Schlaf hinter der Scheune. Aber die kleine Anikke hatten sie nicht mitbringen dürfen. Das hatte Alute so bestimmt. Und sie erwies sich damit wieder einmal als die klügste von allen. Denn wenn die ortsarme Waise sich gleich wie ein Kind des Hauses unter den Gästen herumbewegt hätte, so wären Befremden und Verdacht alsbald am Werke gewesen, den verständnislosen Klatsch noch mehr ins Böse zu wenden.

Als nun aber die Brautsuppe kam, deren Branntwein Alute mit Kirschsaft und Honig üppig gesüßt hatte, und hierauf die Neckereien selbst unter den Frauen immer kühner aufflackerten, da wurde auch lächelnd des armen Kindes gedacht, das gestern noch ein Stein des Anstoßes gewesen war.

»Sonst bringt wohl eine Witfrau immer was Lebendiges mit in die Ehe«, sagte eine der Nachbarinnen. »Hier tut es der Bräutigam, obwohl er noch Junggesell' ist.«

Und eine andere sagte: »Ihr braucht euch gar nicht erst selbst zu bemühen. Euch fliegen die Kinder nur so vom Himmel.«

Und eine dritte: »Kauft's den Kibelkas ab. Für eine Buddel Schnaps gibt er euch auch die drei eigenen dazu.«

Alute, die heute das rotblonde Haar würdig unter dem Frauentuch versteckt hielt und auf deren Weste eine goldene Brosche strahlte, so groß wie auf der Brust einer Königin, hörte das alles mit nachsichtigem Lächeln an und sagte dann gleichsam überlegend: »Ihr habt eigentlich recht. Ich wollte es meinem Mann schon selber anbieten, aber ich glaube, er wird es nicht zugeben, weil es gar zu sonderbar aussieht.«

Darauf erhob sich ein Widerspruch, der diesmal ganz harmlos und aufrichtig war. Was denn dabei sei! Und »wenn er das Kind doch nun einmal gern hat«?

Eine besonders Eifrige erbot sich sogar, anspannen zu lassen und die kleine Anikke sofort aus Wiszellen zum Feste zu holen.

Dem Miks Bumbullis, der in angstvoller Freude schweigend dasaß, stieg das Herz hoch, aber Alute winkte beruhigend ab. Dazu sei auch später noch Zeit, und niemand dürfe sich ihr zu Dank die Stunden des Festes verkürzen.

Madlyne, die als die oberste Ordnerin zwischen den Gästen herumhuschte und wegen ihrer niedlichen Fixigkeit und ihrer wippenden Röcke von den Burschen »Melinoji kielele« – das Bachstelzchen – gerufen wurde, war, als sie in dem Brautwinkel von dem Kinde reden hörte, lauschend stehen geblieben und sagte nun mit einem Lachen hinüber:

»Wenn ihr es alle durchaus begehrt, dann bin ich die erste, die sich den Dank der Wirtin verdienen muß, und das werde ich morgen auch tun.«

Frau Alute warf ihr einen Blick zu, in dem von Dank nicht viel zu lesen stand, aber sie war schon weiter gelaufen und wehrte sich fröhlich gegen drei Burschen, die ihre Mädchen im Stich gelassen hatten, um sich mit ihr ein bißchen herumzureißen.

Am nächsten Tage gab es noch Hochzeitstrubel genug auf dem Hofe und am dritten auch. Als aber alles still geworden war und die jungen Eheleute nicht zum Vorschein kamen, da machte sich Madlyne auf den Weg und kam zwei Stunden später mit der kleinen Anikke wieder, die ein neues, grüngesticktes Miederchen anhatte und mit großen, sehnsüchtig ängstlichen Augen der künftigen Heimat entgegensah.

Hinterher ging der zwölfjährige Jons mit einem Bündel, in dem die Siebensachen des Ziehkindes eingebunden waren. Als das Hoftor in Sicht kam, mußte er Schuhchen und Strümpfchen daraus hervorholen, damit sie nicht etwa barfuß ankamen.

Es war nun wirklich so, als ob eine kleine Prinzessin ihren Einzug hielt.

Unter der Ulme vor der Tür saß das Ehepaar und aß dicke Milch mit Zucker, denn es war Vesperzeit.

Anikke löste sich von Madlynens Hand und wollte auf Miks zueilen, da sah sie ein Paar Augen, deren Blick sie mitten im Laufe erstarren machte; sie wußte nicht mehr, sollte sie vorwärts oder zurück.

Aber da kam auch schon die lustige Madlyne ihr nach und sagte: »Warum hast du Angst vor deiner Pflegemutter, mein Vögelchen? Die hat versprochen, sie tut dir nichts.«

Anikke machte einen schönen Knicks, wie sie ihn in der Schule gelernt hatte, und wartete auf ein Willkommen.

Wenn sie noch lebte, würde sie auch heute noch darauf warten.

X.

Wer aber nun glauben wollte, daß die kleine Anikke es schlecht gehabt hätte, der würde sehr im Irrtum sein. Frau Alute war eine viel zu kluge Frau, um nicht zu wissen, daß sie durch ein sichtbares Hervorkehren ihrer Abneigung dem Manne, mit dem sie nun einmal Tisch und Bettstatt teilte, die Lust an ihr selbst von vornherein verderben mußte. Sie tat darum so, als ob sie das Kind um seinetwillen nicht ungern duldete, und ließ sich jede Brosame ihrer Gutwilligkeit durch doppelte Liebesdienste von ihm bezahlen.

Miks Bumbullis war ein umsichtiger Wirt und ein treuer Verwalter. Er arbeitete von früh bis spät und dachte an alles. Die Kartoffeln gediehen, das Heu kam trocken in Käpsen, und als die Roggenaust begann, wurde beim Mähen sein Kreuz nicht müde. In seinem Wesen war eine große Veränderung vor sich gegangen. Er trieb sich nicht mehr in den Krügen herum und kam selbst vom Wochenmarkt nüchtern nach Hause. Auch das Wilddieben hatte er aufgegeben, und wenn die Versuchung an ihn herantrat, nachts über die Grenze zu gehen, so sagte er, seine Frau wünsche es nicht. Das war aber keineswegs so. Im Gegenteil, was der Alute einst an ihm gefallen hatte, war sein ungebärdiges und zügelloses Treiben gewesen. Sie hatte gedacht, in ihm den Hitzigsten und Forschesten von allen zu eigen zu haben und war nun bitter enttäuscht, daß er wie irgendein Kopfhänger neben ihr herging.

Daß er auch spaßen und lustig sein konnte, blieb ihr freilich verborgen, denn das geschah nur, wenn er mit dem Kinde allein war. Dann spielte er mit ihm alle die Spiele, zu denen mehr als zweie nicht nötig sind, und ersann sich täglich neue dazu.

Da war eines, das hieß »die Katzenfalle«. Dabei muß einer durch die hohlen Arme des anderen hindurchkriechen, und weil er natürlich für ihre Kinderärmchen viel zu dick war, so gab das des Lachens kein Ende. Und ein anderes »die Windmühle«. Wenn man die darstellen will, muß man sich zwei Hopfenstangen kreuzweis am Leibe festbinden lassen und sich nun ganz rasch um sich selber drehen. Kann der andere eine der Stangen ergreifen und so die Mühle zum Stillstehen bringen, dann hat er gewonnen. So trieben sie ihre Kurzweil oft bis in die Dämmerung hinein, aber beileibe nicht auf dem Hofe, sondern weit draußen, damit ihr Lachen nirgends zu hören war. Denn sie hatten immer ein Gefühl, als sei dies nicht wohlgelitten.

Nur vor Madlyne schämten sie sich nicht. Ja, die durfte sogar die dritte im Bunde sein. Und dann ging es erst recht hoch her.

Aber Madlyne war um die Abendzeit meistens woanders heftig beschäftigt. Denn hinter dem Gartenzaum lauerten die Burschen von weit und breit, und immer war ein Gejacher um sie herum und ein Gegluckse, das nahm und nahm kein Ende.

Aber wenn es zum Heiraten kommen sollte und der Freiwerber die Stube betrat, dann konnte er auch bald wieder gehen. Kaum, daß er noch den Kirschschnaps austrank, so sehr lachte Madlyne. Hinterher machte Alute ihr stets die heftigsten Vorwürfe, aber sie kehrte sich nicht im mindesten daran.

»Was willst du von mir?« sagte sie. »Arbeite ich nicht ebenso fleißig wie eine Magd? Und weil mein Mütterliches mit in der Wirtschaft steckt, so arbeite ich auch für mich selber.«

Davon ließ sich nichts abdrehen, denn es war alles die Wahrheit. Seit der Hochzeit hatte Madlyne drüben in der Klete geschlafen, denn sie meinte, die jungen Eheleute möchten im Hause am liebsten allein sein. Aber weil die Burschen ihr dort bis in den Morgen keine Ruhe ließen und der Hofhund aus dem Bellen nicht mehr herauskam, so siedelte sie wieder in die Kammer jenseits des Hausflurs über. Und Miks war neidisch auf sie, denn in dem Raume daneben schlief das Kind. Zudem nahm er an, daß die Burschen ihr selbst hierhin folgten, und er wollte nicht, daß Anikke erwachte, wenn ein Begünstigter zu ihr hereinstieg. Noch hatte er freilich keinen ertappt, aber wie sollte es anders sein.

Und so verliebter Natur war Madlyne, daß sie es nicht unterlassen konnte, selbst ihm von ihrer Zärtlichkeit hie und da ein Zeichen zu geben. Es lag nie etwas Grobes oder Dreistes darin. Wie ihr ganzes Wesen, so war auch dies von einer zarten und behutsamen Zierlichkeit, so daß man es sich gern gefallen ließ, auch wenn man nicht darauf eingehen wollte.

Ihr Lächeln und ihr Umihnsein wurde allgemach eine einzige große Liebkosung, die um so wohler tat, als man nicht nötig hatte, sie ernst zu nehmen. Denn die Lustigkeit, mit der sie sich an ihn heranschmeichelte, machte jeden Gedanken an künftige Buhlschaft zuschanden.

Dann einmal, als Miks unbemerkt dazukam, hörte er Madlyne eine Daina singen, die lautete umgedeutscht etwa so:

Liegt mir ein Lämmlein
Im reißenden Strome,
Frag' ich nicht lange,
Ob ich's errette,
Nein doch, ich springe ihm nach.

Liegt der Geliebte
Im Arme der Muhme,
Frag' ich mich täglich,
Ob ihn erretten,
Und ich weiß doch nicht wie.

Gönn' ich den Lieben
Der bösen Muhme,
Die ihm mit Tränkchen,
Aus Giftkraut bereitet,
Zankend den Schlummer verdirbt?

Oder ich sage:
»Komm, lieber Schwager,
In meiner Kammer
Steht eine Bettstatt
– Ach, so schmal ist das Bett! –

Aber zur Mauer,
Der eiskalten Mauer,
Rück' ich geschwinde,
Daß du es warm hast
Und mich im Arm hast und schläfst.«

Soll ich's ihm sagen,
Oder veschweig' ich's,

Bis einst der Kummer
Vom Lager der Muhme
Nach dem Strome ihn treibt?

Und hätt ich tausend
Der Lämmlein errettet,
Ihn, den ich liebe,
Ließ' ich verderben,
Und ich spräng' ihm nicht nach.

Sachte schlich Miks sich aus ihrer Nähe, denn er wollte sie nicht wissen lassen, daß sie von ihm belauscht worden war. Und als er sie wiedersah und ihr lachendes, glattes Gesichtchen betrachtete, konnte er es nicht fassen, daß sie ein so finsteres und hitziges Lied gesungen hatte.

Und ein anderes Mal, als sie die kleine Anikke auf dem Schoße hielt, sang sie folgendes:

Kindchen, mein Kindchen, gehörtest du mir,
Ich schenkte dir Kleider und goldene Zier,

Ich schenkte dir Betten von Seide so weich
Und schenkte dir Gott und das Himmelreich.

Auch einen Liebsten schenkt' ich dir wohl,
Der dich zur Kirche hinführen soll.

Du aber, Kindchen, was schenktest du mir?
Ich lieg' alleine und bang' mich und frier',

Und der, der dich liebt wie sein Augenlicht,
Der siehet mich nicht und höret mich nicht.

Wenn der mich wollte und ließe von ihr,
Dann, Kindchen, mein Kindchen, gehörtest du mir.

Von nun an fing Miks an zu überlegen, ob er sie nicht einmal in die Arme nehmen sollte. Aber er bezwang sein Gelüste, denn wenn er an all die jungen Leute dachte, die bei ihr angeklopft hatten, erschien es ihm nicht gut genug, ein »Kuszbendris« – ein Weibsteilhaber – zu sein; auch mochte er um des Kindes willen das Haus nicht mit Verdacht und Unfrieden erfüllen.

Aber der Unfriede kam auch ohnedies.

Als es kalt wurde, siedelte Madlyne mit dem Kinde von der anderen Seite des Hauses her in die gutgeheizte Kleine Stube über, deren Zwischentür kein Schloß und keine Klinke hatte und darum immer ein wenig offen stand.

Von nun an schämte er sich, bei seiner Frau zu liegen, und machte allerlei Ausflüchte, um sich irgendwo anders einzuquartieren. Und da ihm nichts Besseres einfiel, fing er das Leben wieder an, das er einst geführt hatte, als das große Unglück noch nicht geschehen war. Denn nur so konnte er die Nacht zum Tage machen. Er suchte die Krüge auf, von wo aus im Schutze der Dunkelheit der Schmuggel über die Grenze ging, und da es nicht immer was zu tragen gab, nahm er auf alle Fälle die Flinte mit, um das Frühmorgenlicht für einen Rehbock auszunutzen.

So konnte es nicht ausbleiben, daß er wieder in schlechten Ruf kam und Alute, die deswegen gerade einstmals ihr Herz an ihn gehängt und ihn noch kurz vorher einen »Schwanzeinkneifer« genannt hatte, schalt ihn nun heftig aus, weil ihre ehrliche Wirtschaft durch ihn zu einer Räuberhöhle würde.

Aber er kehrte sich nicht daran.

Eines Tages nahm ihn Madlyne beiseite und sagte: »Es tut nicht gut, Miks, daß du so oft unterwegs bist, du solltest dich mehr zum Hause halten.«

»Aus welchem Grunde wünschst du mir das?« fragte er.

»Sieh dir das Kind an«, erwiderte sie und wandte sich ab.

Er erschrak, denn er hatte es bisher für selbstverständlich genommen, daß es der kleinen Anikke gut ging. Tagsüber war sie in der Schule, die Nacht schlief Madlyne mit ihr. Zudem hatte seine Frau noch nie etwas Feindseliges gegen sie unternommen. Höchstens, daß sie sie nicht beachtete.

Jetzt aber, da er das Kind im Auge behielt, fiel ihm auf, daß es ungerufen nicht mehr an ihn herankam, sondern sich zaghaft in den Winkeln herumdrückte. Auch sah es blaß und schwächlich aus und hatte doch während des Sommers geblüht wie ein Tausendschönchen.

Er versuchte, es ins Gebet zu nehmen, aber es wollte nicht mit der Sprache heraus.

Nur weinen tat es bitterlich.

Da legte er sich eines Abends auf die Lauer und mußte erleben, daß Alute das Kind mit einem Lederzaum schlug, in dem noch die messingnen Schnallen steckten.

Er stürzte aus seinem Versteck hervor, riß der Armen Kleider und Hemde herunter und fand das Körperchen von oben bis unten mit Striemen und blauen Flecken bedeckt.

Da hob er den Zaum auf, den das wütende Weib von sich geworfen hatte, und prügelte es so lange, bis es sich winselnd am Boden krümmte. Auch gegen Madlyne wandte er sich in seinem Zorn, und von nun an saß der Teufel im Hause.

Madlynens Lied wird recht behalten, dachte er oft, wenn der Kummer ihn zur Nacht aus dem Hause trieb.

XI.

So geschah es eines Novembermorgens kurz vor Sonnenaufgang, als er durchfroren im jungen Schnee saß und gerade auf einen schönen Bock anlegen wollte, daß er rückschauend eine Flintenmündung auf sich gerichtet sah und einen grünbändrigen Hut dahinter, den er wohl kannte.

Er wollte sein Gewehr an die Backe reißen, aber er wußte: Es war zu spät. Darum stand er ganz gemächlich auf und sagte: »Na, wieviel Jahr wird es kosten?«

»Nicht halb so viel, wie du mich Nächte gekostet hast, Miks«, erwiderte der stämmige Förster, der des erschossenen Hegemeisters Nachfolger war, und er fügte hinzu: »Die Flinte laß liegen. Die hol ich mir später. Sonst könnte es passieren, daß du sie mir beim Transport wieder abnimmst und meine dazu.«

»Ich bin gar nicht so schlimm, wie die Leute es machen«, lachte Miks und schlug, ohne erst viel zu fragen, den Weg zum Gendarmen ein, dem er ja doch abgeliefert werden mußte. Der Förster ging zehn Schritt weit hinterdrein und hielt die Flinte schußbereit.

»Dreh dich lieber nicht um«, sagte er ganz freundlich, als Miks das Gespräch fortsetzen wollte, »sonst sitzt dir doch gleich eine Kugel im Genick.«

Miks hatte nun eine halbe Stunde Zeit, über das Geschehene nachzudenken. Daß er von der Alute wegkam, war eigentlich ein Segen. Aber dann plötzlich gab ihm das Herz einen Stoß bis in die Kniekehlen hinein. Das Kind! Was wird nun aus dem Kinde? »Ich Dummerjan«, dachte er, »schon wegen des Kindes allein hätt' ich es nicht dürfen.«

Und er fing tausend Pläne zu schmieden an, wie er von der Untersuchungshaft aus das Kind in andere Pflegschaft bringen könnte. Aber er verwarf sie alle. Wenn er die Aufmerksamkeit der Behörden auf das Kind zurücklenkte und in den Verhören irgendein Widerspruch laut wurde, so konnte das künstliche Fachwerk, das Alute damals aufgebaut hatte, davon zusammenfallen wie eine Haferhocke.

Bald begegneten ihnen auch Leute, die halb mitleidig, halb schadenfroh den Zug begleiteten. Reden durften sie nicht mit ihm. Das verbat sich der Förster. So gingen sie in halblauten Gesprächen neben dem Miks daher, und weil sie wußten, daß der Förster kein Litauisch verstand, erwogen sie auch ohne Scheu, ob er nicht doch den Mord auf dem Gewissen habe.

Miks Bumbullis hörte das alles. Es war ein rechter Leidensweg.

Die Schar der Neugierigen wuchs mit jedem Schritte, und als er vor dem Hause des Gendarmen ankam, hatte er ein Gefolge wie ein König. – –

Miks bestritt natürlich alles. Von dem Bock wisse er nichts. Er habe nur ein paar Krähchen schießen wollen, und das könne unmöglich ein großes Verbrechen sein.

Ob er sich nicht schäme, so faule Ausreden zu machen, fragte der Richter.

O nein, er schämte sich nicht. Er wollte ja bei dem Kinde bleiben.

In der Hauptverhandlung kam er mit seinem Weibe und Madlyne wieder zusammen. Er hatte bisher in seinem Innern gewünscht, das Kind möchte nicht geladen sein, denn es war nun schon groß genug, um zu verstehen, welche Schande er ihm antat. Aber nun es wirklich nicht da wär, tat ihm das Herz weh. Er hätte es so gern einmal wiedergesehen.

Madlyne gab sich lange nicht so adrett und fixniedlich wie dazumal, und ihre Augen waren klein und verheult. Aber ihre Antworten kamen auch diesmal wie aus der Pistole geschossen.

Die Flinte habe er wohl gehabt, aber nie in Gebrauch genommen. Ja richtig! Einmal habe er eine Eule geschossen. Das war alles.

Alute schien ihm die schlechte Behandlung längst wieder vergessen zu haben. Nie sei er zu ungewöhnlichen Zeiten aus dem Hause gewesen, nie habe er die Flinte vom Nagel geholt, nie habe er ein Stück Wild oder das Geld dafür von seinen Wegen nach Hause gebracht.

Schade, daß die Frauensleute nicht schwören durften!

Alute zögerte zwar keinen Augenblick, von ihrem Eidesrechte Gebrauch zu machen, aber der böse Staatsanwalt wußte es zu verhindern, ebenso wie die Madlyne, die ihm als Hehlerin verdächtig schien, und so blieben beider Aussagen wirkungslos.

Doch auch die andern, die vereidigt wurden, hielten sich wacker. Selbst diejenigen, die ihn so und so viele Male wegen seiner Schießereien geneckt hatten, konnten sich nicht erinnern, je davon gehört, geschweige denn eine Flinte an ihm gesehen zu haben.

Aber was half das alles! Seine einstige Bestrafung richtete sich drohend hinter ihm auf, und der unaufgeklärte Mord schwebte mit dunklen Flügeln über ihm. Wenn auch nur der Staatsanwalt mit argwöhnischer Anspielung darauf Bezug nahm, ein jeder fühlte, daß um ihn herum Geheimnisse verborgen lagen, die nur eines rächenden Anlasses bedurften, um gegen ihn loszubrechen. Als der Richterspruch verkündet wurde, der ihm drei Jahre Gefängnis zuerkannte, erhob sich Alute, die bis dahin vermieden hatte, seinem Auge zu begegnen, langsam von der Zeugenbank und nickte, den Kopf feierlich wiegend, eine ganze Weile lang zu ihm herüber.

Er schauderte noch Tags hinterher, wenn er dran dachte.

Trotzdem bezwang er sich und verlangte, daß, bevor er in die Strafanstalt überführt wurde, die Seinen ihn besuchten, denn er wußte, daß dies die einzige Möglichkeit war, die kleine Anikke noch einmal zu sehen.

Madlyne hatte ihn wohl verstanden. Denn als die Zellentür sich öffnete und hinter der Alute auch sie hereintrat, da hielt sie richtig das Kind an der Hand.

Miks Bumbullis mußte sich sehr zusammennehmen, sonst wäre er vor dem Kinde niedergekniet und hätte geweint und geweint.

Nun aber sagte er bloß: »Da seid ihr ja alle«, und begrüßte sie freundlich der Reihe nach.

Alute, die einen neuen, weißen Schafpelz trug und auch sonst sehr unternehmend aussah, sagte zu ihm: »Ich könnt mich jetzt von dir scheiden lassen, aber das werde ich nicht tun. Nein, das werde ich nicht tun.«

Er antwortete: »Tu, was du für richtig hältst. Wenn du nur gut zu dem Kinde sein willst.«

»Ich bin gut zu dem Kinde gewesen«, erwiderte sie, »aber da hast du alles verdorben.«

Er demütigte sich vor ihr und sagte: »Ich werde meine Fehler bereuen und ablegen, wenn du mir nur versprichst, daß du gut zu dem Kinde sein willst.«

Sie machte ein hochmütiges Gesicht und antwortete: »Ich verspreche es.« Dann reichte sie ihm die Hand und verlangte von dem Aufseher, er möge sie hinauslassen.

Der Aufseher tat es und wollte auch die andern auffordern fortzugehen, da bemerkte er, daß Miks vor dem Kinde niedergekniet war und weinte und weinte. Und weil er ein guter und aufrichtiger Mann war, so schloß er die Tür noch einmal und ließ ihn gewähren.

Miks streichelte Madlynens Rock und sagte: »Erbarm dich des Kindes!«

Madlyne beugte sich zu ihm nieder und sagte: »Ich schwöre dir, daß ich auf das Kind achtgeben werde.«

»Und wenn du heiratest und weggehst – schwöre mir, daß du das Kind mitnehmen wirst.«

Madlyne neigte sich noch tiefer zu ihm und sagte: »Ich werde nicht heiraten.«

Da wurde Miks wieder ruhig und küßte das Kind und küßte auch Madlyne.

Und dann war die Besuchszeit um.

XII.

Nach zwei Jahren erhielt Miks Bumbullis die Nachricht, daß das Kind gestorben war.

Er wunderte sich nicht, denn es war ihm schon einige Male im Traume erschienen.

Der Brief, in dem Alute ihm von dem Unglück Mitteilung machte, lautete so:

»Nunmehr will ich Dich wissen lassen, daß die kleine Anikke ein seliges Hinscheiden erlitten hat. Ich und Madlyne haben sie gepflegt, wie es unsre Schuldigkeit war. Um ihr die fallende Sucht zu vertreiben, habe ich Madlyne zu einer weisen Frau geschickt, die sie nach den Regeln besprochen hat. Auch eine Kreuzotter habe ich abgekocht und ihr den Saft mit getrockneten Quitschen zu trinken gegeben. Kurz, es ist nichts versäumt worden. Ein Begräbnis habe ich ihr ausgerichtet wie meinem eigenen Kinde. Die Festlichkeiten haben zwei Tage gedauert, und es sind dabei drei Fässer Alaus und zwanzig Stof Branntwein ausgetrunken worden. Nicht zu rechnen, was die Gäste alles aufgegessen haben. Einen Sarg habe ich ihr machen lassen, in dem sie sich ordentlich ausstrecken kann. Auch ist sie in ihren besten Sonntagskleidern beerdigt worden. Du siehst also, daß ich mein Versprechen gehalten habe, und wenn du die Madlyne fragen wirst, so kann sie es nicht anders sagen.«

Von nun an erschien die kleine Anikke dem Miks Bumbullis in jeder Nacht. Er brauchte nur die Augen zuzumachen, und sie war da. Und in vielerlei Gestalt erschien sie ihm – manchmal auch im Sarge liegend, manchmal als eine Braut mit dem Rautenkranz im Haar, manchmal als ein Engelchen mit gläsernen Flügeln, manchmal auch im Hemdchen blutend oder mit einem Strick um den Hals. Und immer wieder in neuen Gestalten.

Als ein großes Glück empfand er es, daß Alute nun doch gut zu dem Kinde gewesen war. Auch das große Begräbnis sprach dafür. Denn wenn sie das Licht der Welt zu scheuen gehabt hätte, würde sie die Tote so heimlich wie möglich eingescharrt haben. Aber vor allem war ja Madlyne dagewesen, auf die er sich ganz verlassen konnte.

Und doch mußte etwas versäumt worden sein, sonst würde die kleine Anikke Ruhe im Grabe gehabt haben und ihm nicht immer von neuem erschienen sein.

Das ging so Nacht für Nacht, bis eines Tages der Anstaltsarzt zu ihm trat und ihn fragte, was ihm eigentlich fehle.

»Was soll mir fehlen?« erwiderte Miks. »Ich habe satt zu essen, und keiner ist schlecht zu mir.«

Der Arzt befahl ihm darauf, sich auszuziehen. Miks tat es, aber der Arzt fand eine Krankheit nicht an ihm.

Ob ihm vielleicht ein Kummer zugestoßen sei, fragte er dann.

»Ich habe ein Kind verloren«, antwortete Miks. Aber von den Erscheinungen sagte er nichts, denn vor diesen Deutschen muß man sich immer in acht nehmen.

Einige Tage später besuchte ihn der Pfarrer, derselbe, der am Sonntag gewöhnlich predigte.

Der fing ihm eine schöne Trostrede zu halten an, aber er hatte sich nicht einmal die Mühe genommen, die Akten durchzusehen, sonst würde er gewußt haben, daß Miks ein eigenes Kind gar nicht besaß.

Miks beließ ihn in seinem Irrtum und küßte ihm die Hand, um ihn glauben zu machen, daß er nun ganz getröstet sei. Er war nun so weit, daß er sich schon den ganzen Tag über auf die Erscheinung freute. Aber dann machte er sich wieder Vorwürfe um dieser Freude willen, denn wenn es der Anikke im Grabe an gar nichts fehlte, so würde sie ihm nicht erschienen sein. Entweder drückte sie der Sargdeckel, oder man hatte ihr etwas Erstickendes auf den Mund gelegt. Vielleicht gar auch war die Giltinne – die Todesgöttin – nicht versöhnt worden, wie es nach dem Glauben vieler geschehen muß, so daß sie aus Rache die arme Tote allnächtlich aus ihrem Frieden scheuchte.

Er wollte der Alute deswegen schreiben, aber er schämte sich vor den Deutschen, die den Brief durchlesen und in ihrer Dummheit über ihn lachen würden.

Darum war es ihm ganz recht, daß der Anstaltsdirektor ihn eines Tages rufen ließ und ihm eröffnete, der Rest seiner Strafe sei ihm vorläufig erlassen, und wenn er sich ordentlich führe, brauche er sie auch später nicht mehr abzusitzen.

Er dachte: »Da kann ich nun selber nach dem Grabe sehen« und machte sich auf den Heimweg.

XIII.

Die Kartoffeln wurden gerade gesetzt, und alle arbeiteten auf den Feldern. Kaum einer sah sich nach ihm um, und so kam er unbeachtet bis nach Hause.

Der Hofhund bellte ihm freudig entgegen, und er streichelte ihn, denn das Kind hatte ihn liebgehabt.

Das Haus war leer und alles offen. Ihn hungerte, aber er wagte nicht, sich ein Stück Brot zu schneiden, so fremd kam er sich vor auf seinem eigenen Besitz. Er sah sich erst in der Kleinen Stube um, wo das Bettchen zuletzt gestanden hatte. Aber nichts mehr war davon zu bemerken. Sie schien ganz ausgelöscht aus der Welt. Aber dann fand er auf Madlynes Brett ihre Schiefertafel stehen und eine Schnur mit Griffen daran zum Drüberspringen, wie er sie ihr einmal gemacht hatte.

Wenn er nicht so müde gewesen wäre, so wäre er auf den Kirchhof gegangen. Und so setzte er sich vor das Haus auf die Milcheimerbank, dort, wo die Sonne schien, und wartete. Dabei schlief er ein und wachte erst auf, als die Stimmen der Heimkehrenden im Hoftor laut wurden.

Die Alute war die erste, die ihn bemerkte. Sie richtete sich hoch auf und schritt mit geraden Schritten auf ihn zu, während sie ihm ganz starr in die Augen sah. Sie freute sich nicht, aber sie hatte auch keine Furcht.

»Sie haben dich zur rechten Zeit freigelassen«, sagte sie, ihm die Hand reichend, »der Wirt ist gerade sehr nötig im Haus.«

»Ich werde schon arbeiten«, entgegnete er.

Dann ging sie, das Abendbrot machen.

Madlyne war hinter ihr gekommen. Er bemerkte, daß sie ganz schmal geworden war und daß um ihren Mund herum allerhand kleine Falten standen.

Sie reichte ihm auch die Hand und lief dann rasch fort.

Ein fremder Knecht war da, ein ältlicher Mann, mit dem die Alute sicher nichts vorgehabt hatte – »drum werd' ich ihn ruhig behalten können«, dachte er –, und eine Magd, die ihn schief ansah, weil sie nicht wußte, was sie aus ihm machen sollte.

Zum Abendbrot hatte die Alute rasch einen Hahn geschlachtet. »Damit alle erfahren, daß der Herr wieder da ist«, sagte sie.

Sie war nun ganz freundlich und sah ihn immer von unten auf an, wie eine Bittende.

Er tunkte die Kartoffeln ins Fett, ließ aber das Fleisch auf dem Rand liegen.

»Warum ißt du nicht?« fragte die Madlyne, der immer die Augen voll Wasser standen.

»Ich will's mir bis nachher verwahren«, erwiderte er, »denn ich hab' so was Gutes lang' nicht gehabt.«

Auch ein Glas Alaus bat er sich aus, rührte es aber nicht an.

Nach dem Essen trug er beides in die Kammer hinüber, wo er sich still hinsetzte, bis es dunkel wurde.

Dann holte er sich einen Topf von der Herdwand und eine leere Flasche, tat Essen und Trinken hinein und verbarg es unter seinem Rock.

»Ich will nur noch einen kleinen Gang machen«, sagte er, und die beiden Frauen fragten ihn nicht, wohin.

Das kleine Grab hatte er bald gefunden. Ein neues Holzkreuz stand zu Kopfenden mit einem Dachchen darauf, wie es die jungfräulichen Entschlafenen haben sollen, und zwei Vögelchen an den schrägen Enden. Die hatte sicherlich die Madlyne angebracht als Spielzeug für die Tote in der langen Ewigkeit.

Er wühlte in dem Sand des Grabhügels eine kleine Kaule aus und stellte Topf und Flasche hinein. Dann glättete er den Sand wieder, so daß nicht das mindeste zu bemerken war.

Manche sind der Meinung, daß dies zur Nahrung für den Geist der Toten gut ist, andere aber – und die sind wohl in der Wahrheit – meinen, daß die böse Giltinne damit besänftigt wird, so daß sie der abgeschiedenen Seele die Ruhe nicht fortnimmt.

Und dann saß er noch eine Weile und dachte bei sich: »Hier ist gut sein.« Und ihm war, als sei er erst jetzt in die Heimat gekommen.

Als er wieder im Hause war und alle sich zum Schlafengehen bereiteten, sann er darüber nach, wohin er sich wohl legen sollte. Er wußte genau, daß, wenn er sich absonderte, der Hader von neuem losgehen würde. Darum kroch er in seines Weibes Bett, und sie tat so, als sei er nie weggewesen.

Nun fing sie auch aus freien Stücken von dem Kind zu reden an. Gegen Gottes allmächtigen Willen sei Menschenkraft ohnmächtig; man müsse zufrieden sein, wenn man sich nichts vorzuwerfen habe.

Und sie weinte.

Er sagte nur: »Erzähle mir nichts.« Denn er wußte, daß er es nicht ertragen würde.

In dieser Nacht erschien der Geist des Kindes ihm nicht. Er freute sich, daß er mit der Gabe an die Giltinne das Rechte getroffen hatte.

Als er am nächsten Morgen den Spaten schulterte, um mit den andern in die Kartoffeln zu gehen, sagte die Madlyne zu ihm: »Ruh dich erst aus, du bist noch zu schwach.«

Und er wunderte sich, daß sie so wenig von seinen Kräften hielt.

Aber als er eine Weile vorgegraben hatte, mußte er sich setzen, denn der Atem fing an, ihm zu fehlen, und die Madlyne sah ihn an wie die Mutter ihr krankes Kind. – – –

Auch die Alute war von nun an immer gut zu ihm. Sie brachte ihm Paradieskörner in Essig und andere stärkende Sachen, und er dachte: »Wenn das Kind noch lebte, was würde es jetzt für gute Tage haben!«

Die Erscheinung war nun nicht mehr wiedergekommen, und er begann schon, der Giltinne mit geringerer Ehrerbietung zu gedenken. Und so vertraut war er inzwischen mit der Alute geworden, daß er sich eines Abends ein Herz faßte und zu ihr von den Erscheinungen sprach. Auch von dem Mittel, das sich dagegen bewährt hatte.

Sie lachte und sagte: »Wenn das so leicht ist, will ich dir Hähne schlachten, so viel du willst.«

Ja, so gut war sie jetzt immer zu ihm. Und er fragte sich manches Mal, warum er sich früher eigentlich vor ihr gefürchtet hatte.

Auch von der Krankheit des Kindes wollte er jetzt Näheres wissen. Nicht, daß sein Kummer geringer gewesen wäre als in der ersten Nacht, nur hielt er sie jetzt so wert, daß er glaubte, sie würde die richtige Teilnahme haben.

Aber Alute erwiderte: »Du Armer würdest es auch heute noch nicht ertragen, drum warte noch eine kleine Weile.« Und so sagte sie immer aufs neue.

Da kam er auf den Gedanken, die Madlyne zu fragen. Aber die Madlyne war jetzt wie umgewandelt. Sie ging ihm aus dem Weg, wo sie nur konnte, sprach bei Tisch kein Wort und bohrte mit den Augen Löcher ins Holz.

Auch der Alute fiel das auf, und einmal sagte sie: »Die Madlyne muß aus dem Haus, und schickt sie auch die nächsten Freier zurück, die ich ihr aussuche, so setze ich ihr eines Tages Bettsack und Kasten vors Hoftor.«

Er erschrak, daß er an einem so bösen Ende die Schuld tragen sollte, und beschloß, das Seine zu tun, um alles zum Besseren zu wenden.

Darum ging er der Madlyne eines Morgens zum Melken nach und sagte: »Du mußt nicht denken, Madlyne, daß ich dir vom Tod des Kindes etwas nachtrage.«

Sie stand von der Hocke auf und sagte: »Aber ich trage es mir nach.«

Er antwortete, die Rede Alutens nachsprechend, daß gegen Gottes allmächtigen Willen Menschenkraft ohnmächtig sei, und man müsse zufrieden sein, wenn man sich nichts vorzuwerfen habe.

Da legte sie plötzlich beide Hände auf seine Schultern, sah ihn lange mit den bohrenden Augen an, die sie jetzt immer machte, und sagte dann: »Schlaf bei mir, Miks Bumbullis! Dann werd' ich dir etwas erzählen, was zu wissen dir nottut.«

Er fühlte eine große Unruhe und antwortete: »Mir ist nach lockeren Streichen nicht zumut. Erzähl es mir auch so.«

»Nein«, sagte sie, »anders tu' ich es nicht.«

»Ich werd' es mir überlegen«, antwortete er und ging aus dem Stall.

In derselben Nacht kam die Erscheinung wieder. Sie war in ihrem Hemdchen, hatte auf jeder Achsel einen Vogel sitzen und trug einen Stengel in der Hand, aber das war ein Schierlingsstengel.

Er sagte der Alute nichts davon. Und als der Abend kam, sparte er wieder sein Essen auf, holte sich heimlich einen Topf und trug es darin zum Kirchhof hinaus.

Er war des Glaubens, das alles sei unbemerkt geschehen, aber hinter dem Hofzaun stand Alute und sah ihm nach.

Diesmal gab die Giltinne sich nicht so leicht zufrieden, denn das Kind erschien ihm auch in der nächsten Nacht.

»Es wird wohl wieder ein Hahn sein müssen«, dachte er, aber ein unbestimmtes Gefühl hielt ihn ab, Alute zu bitten, daß sie ihn schlachte. Die Erscheinung kam immer wieder, und die Unruhe verließ ihn nicht mehr.

Da faßte er sich ein Herz, und während die Frau noch auf dem Feld war, ging er zu Madlyne in die Kammer. Als sie ihn kommen sah, stieß sie einen Seufzer aus und faltete die Hände wie eine, die sich bereit macht, selig zu sterben.

So schlief er also bei ihr, und als ihr Kopf an seiner Schulter lag, da kam es ihm zur Klarheit, daß er immer und immer nur nach ihr verlangt hatte.

Sie weinte ohne Aufhören und küßte ihm beide Hände.

Und dann ermahnte er sie, daß sie nun ihr Versprechen erfüllen solle.

Sie kniete vor dem Bett nieder und flehte: »Verlange es nicht! Verlange es nicht!«

Aber er verlangte es immer wieder.

Da sah sie, daß es kein Entrinnen mehr gab, und erzählte ihm, auf welche Art Alute das Kind umgebracht hatte. Und sie würde nie und nimmer zu überführen sein.

In seinem ersten Zorn griff er nach Madlynens Hals, um sie zu erwürgen, weil sie die Tat nicht verhindert hatte.

Sie sagte: »Drück nur zu! Drück nur zu! Oben am Hühnerbalken kannst du die Schlinge sehen, mit der ich mich aufhängen wollte. Und wärst du nicht so plötzlich gekommen, hätte ich es auch getan.«

Da sprang er aus dem Bett und lief nach dem Schleifstein. – – –

Alute arbeitete noch in den Kartoffeln, da sah sie einen Menschen auf sich zustürmen, der halb angezogen war und eine Axt schwang.

Und als sie ihren Mann erkannte, da wußte sie sofort, was geschehen war und daß es ihr nun ans Leben ging. Sie rannte schreiend nach der Richtung des Dorfes hin, und er mit der erhobenen Axt hinter ihr drein. Sie wagte nicht, nach einem der verstreuten Höfe einzubiegen, denn sie wußte, daß kein Türschloß und keine Menschenhand ihn hindern würde, die Tat zu begehen. So lief sie weiter, und der Raum zwischen ihr und ihm verkürzte sich immer mehr.

Da sah sie nicht fern das Haus des Gendarmen und erkannte gleich, daß sie sich für heute und künftig nur retten konnte, wenn sie dem alles gestand.

Die Anstiftung würde ihr niemand nachweisen, und der Meineid war bald gebüßt.

Als ihr Verfolger einsah, wohin sie steuerte, da ließ er von ihr ab, denn des Wachtmeisters Pistolen waren immer geladen. Er kehrte um, und die Leute, die ihm gefolgt waren, gingen in großem Bogen um ihn herum.

Das Haus war jetzt so leer, wie er es bei seiner Heimkehr gefunden hatte. Auch nach Madlyne rief er umsonst.

Er zog sich einen warmen Rock an, steckte Geld in die Tasche, holte ein altes Gewehr hinter den Sparren hervor, das seit seiner Wilddiebszeit dort noch versteckt lag, und kroch auf dem Bauch von Graben zu Graben.

Als es finster geworden war, floh er über die Grenze. Rußland ist
groß.

XIV.

Der Gendarm erstattete die Anzeige.

Die Herren vom Gericht nahmen sich der Sache mit großem Eifer an. Ein Steckbrief wurde erlassen, Polizisten hielten Nachforschungen hüben und drüben, auch wurden Auslieferungsverhandlungen angebahnt, damit, wenn man ihn faßte, kein Aufschub entstand.

Alute, die trotz ihrer Selbstbezichtigung noch immer frei herumlief, lachte zu alledem und sagte: »Was gebt ihr euch für Müh'! Das Kind wird ihn schon holen gehn.« Sie hütete sich wohl, in ihrem Haus zu bleiben, und selbst für kurze Zeit ging sie nur in Begleitung hinein, denn sie fürchtete, daß Miks ihr dort auflauern würde.

Nacht für Nacht hielt sie sich mit dem Gendarmen und ein paar Männern, die dazu aufgeboten waren, hinter dem Kirchhofzaun versteckt. Die Männer wechselten ab, denn keiner konnte für die Dauer die Nachtwachen vertragen. Sie aber war immer zur Stelle.

Bei Tag streifte sie herum wie ein wildernder Jagdhund. Wo und wann sie schlief, wußte keiner.

Wenn einer von den fremden Gendarmen, die den hiesigen jede zweite Nacht ablösen kamen, gegen Morgen hin frierend und mißmutig sagte: »Ich denke, wir stellen die vergebliche Arbeit ein, denn er müßte schön dumm sein, uns freiwillig in die Arme zu laufen«, dann wehklagte sie und flehte mit erhobenen Armen: »Erbarmen, Pons Wackmeisteris! Ich weiß, das Kind wird ihn schon holen gehn – wird ihn schon holen gehn.«

Was sie aber nicht wußte, war, daß zu gleicher Zeit und gar nicht weit vom Kirchhof Madlyne im Graben lag – dicht an dem Weg, der von der Grenze her auf das Dorf zuführte. Sie hielt sich heimlich in dem Haus eines früheren Bewerbers auf, dessen Frau ihr dankbar war, weil sie ihn nicht genommen hatte. Und allabendlich, wenn es dunkel wurde, schlich sie sich hinaus auf Wache für den Fall, daß er vorbeikommen sollte.

Manchmal war es noch kalt, und manchmal regnete es, aber sie fror nicht und ließ sich ruhig durchweichen. Nur gegen den Schlaf anzukämpfen fiel ihr schwer. Darum legte sie sich gewöhnlich eine ihrer Klotzkorken auf den Kopf, die ihr gegen die Knie fiel, wenn sie ihn einschlafend nach vorn überneigte. Und von dem Schmerz wurde sie dann wieder ganz wach.

Ab und zu ließ vom Kirchhof her ein leises Stimmengeräusch oder ein Säbelklirren sich hören; ab und zu, wenn der Wind danach stand, zog auch ein Tabaksgeruch über sie hin. Dann lachte sie höhnisch und schüttelte die Fäuste in das Dunkel hinein. Solange sie wachte, war keine Gefahr.

Aber in einer Nacht – es mag die vierzehnte oder fünfzehnte ihres Dienstes gewesen sein –, da muß der Schlaf sie doch überwältigt haben, oder aber er war nicht auf dem Weg, sondern quer über die Felder gegangen, denn plötzlich hörte sie auffahrend vom Kirchhof her Knallen und Männergeschrei. Und die Stimme Alutens mischte sich keifend darein.

Da wußte sie: Sie hatten ihn. Weinend lief sie auf den Lichtschein los, der plötzlich aufgeflammt war.

Und da sah sie ihn auch schon kommen. Zwei Männer brachten ihn geführt, und Alute tanzte um ihn herum, indem sie ihm die Zähne zeigte und die Zunge ausstreckte.

In seinem Gürtel hing der Oberteil einer breithalsigen Flasche, die wohl beim Kampf mitten durchgeschlagen war. Darin war das Opfer für die Giltinne gewesen, mit dem er dem Kind noch einmal die ewige Ruhe hatte erkaufen wollen.

Madlyne warf sich ihm in den Weg und küßte die eisernen Ringe, in die sie seine blutigen Hände gesteckt hatten.

Er sah gleichsam mitten durch sie hindurch und schritt weiter – seinem Schicksal entgegen.

Über tredition

Eigenes Buch veröffentlichen

tredition wurde 2006 in Hamburg gegründet und hat seither mehrere tausend Buchtitel veröffentlicht. Autoren veröffentlichen in wenigen leichten Schritten gedruckte Bücher, e-Books und audio-Books. tredition hat das Ziel, die beste und fairste Veröffentlichungsmöglichkeit für Autoren zu bieten.

tredition wurde mit der Erkenntnis gegründet, dass nur etwa jedes 200. bei Verlagen eingereichte Manuskript veröffentlicht wird. Dabei hat jedes Buch seinen Markt, also seine Leser. tredition sorgt dafür, dass für jedes Buch die Leserschaft auch erreicht wird.

Im einzigartigen Literatur-Netzwerk von tredition bieten zahlreiche Literatur-Partner (das sind Lektoren, Übersetzer, Hörbuchsprecher und Illustratoren) ihre Dienstleistung an, um Manuskripte zu verbessern oder die Vielfalt zu erhöhen. Autoren vereinbaren direkt mit den Literatur-Partnern die Konditionen ihrer Zusammenarbeit und partizipieren gemeinsam am Erfolg des Buches.

Das gesamte Verlagsprogramm von tredition ist bei allen stationären Buchhandlungen und Online-Buchhändlern wie z. B. Amazon erhältlich. e-Books stehen bei den führenden Online-Portalen (z. B. iBookstore von Apple oder Kindle von Amazon) zum Verkauf.

Einfach leicht ein Buch veröffentlichen: **www.tredition.de**

Eigene Buchreihe oder eigenen Verlag gründen

Seit 2009 bietet tredition sein Verlagskonzept auch als sogenanntes "White-Label" an. Das bedeutet, dass andere Unternehmen, Institutionen und Personen risikofrei und unkompliziert selbst zum Herausgeber von Büchern und Buchreihen unter eigener Marke werden können. tredition übernimmt dabei das komplette Herstellungs- und Distributionsrisiko.

Zahlreiche Zeitschriften-, Zeitungs- und Buchverlage, Universitäten, Forschungseinrichtungen u.v.m. nutzen diese Dienstleistung von tredition, um unter eigener Marke ohne Risiko Bücher zu verlegen.

Alle Informationen im Internet: **www.tredition.de/fuer-verlage**

tredition wurde mit mehreren Innovationspreisen ausgezeichnet, u. a. mit dem Webfuture Award und dem Innovationspreis der Buch Digitale.

tredition ist Mitglied im Börsenverein des Deutschen Buchhandels.

Dieses Werk elektronisch lesen

Dieses Werk ist Teil der Gutenberg-DE Edition DVD. Diese enthält das komplette Archiv des Projekt Gutenberg-DE. Die DVD ist im Internet erhältlich auf **http://gutenbergshop.abc.de**